물미해안에서
보내는
편지

고두현
시집

물미해안에서 보내는 편지

민음사

활촉을 새로 끼우고
오늬를 다시 먹인다.

지난 세기의 사랑을 넘어

과녁 없는 시대의
불온을 향해

2017년 봄
고두현

~~~~~~

서시

바깥의 과녁이 사라진 뒤
내 안으로
화살을 겨누었다.
촉이 점점 커졌다.

활등이 휠수록 더 팽팽해지는 시간

최대한 잡아당긴 시위를
탁, 하고 놓으며
이제 네 속으로 들어간다.
내 사랑.

1부

부석사 봄밤

무량수전 배흘림기둥
가만히 손대고 눈 감다가
일천이백 년 전 석등이
저 혼자 타오르는 모습
보았습니다.

하필 여기까지 와서
실낱같은 빛 한 줄기
약간 비켜선 채
제 몸 사르는 것이

그토록 오래 불씨 보듬고
바위 속 비추던 석등
잎 다 떨구고 대궁만 남은
당신의 자세였다니요.

수연산방*에서
—『무서록』**을 읽다

문향루에 앉아 솔잎차를 마시며
삼 면 유리창을 차례대로 세어 본다
한 면에 네 개씩 모두 열두 짝이다

해 저문 뒤
무서록을 거꾸로 읽는다

세상일에 순서가 따로 있겠는가
저 밝은 달빛이 그대와 나
누굴 먼저 비추는지
우리 처음 만났을 때
누구 마음 먼저 기울었는지
무슨 상관있으랴

집 앞으로 흐르는 시냇물 앞서거니 뒤서거니
뒤에 앉은 동산도 두 팔 감았다 풀었다
밤새도록 사이좋게 노니는데

시작 끝 따로 없는
열두 폭 병풍처럼 우리 삶의 높낮이나

살고 죽는 것 또한
순서 없이 읽는 사람이
먼 훗날 또 있으리라.

* 수연산방(壽硯山房): 소설가 상허 이태준이 살던 서울 성북동 옛집.
** 『무서록(無序錄)』: 이태준의 수필집. 순서 없이 엮은 글이라 하여 붙인 제목.

20분

아침 출근길에
붐비는 지하철
막히는 도로에서 짜증날 때
20분만 먼저 나섰어도……
날마다 후회하지만
하루에 20분 앞당기는 일이
어디 그리 쉽던가요.

가장 더운 여름날 저녁
시간에 쫓기는 사람들과
사람에 쫓기는 자동차들이
노랗게 달궈 놓은 길옆에 앉아
꽃 피는 모습 들여다보면

어스름 달빛에 찾아올
박각시나방 기다리며
봉오리 벙그는 데 17분
꽃잎 활짝 피는 데 3분

날마다 허비한 20분이

달맞이꽃에게는 한생이었구나.

빈자리

열네 살 봄
읍내 가는 완행버스
먼저 오른 어머니가 남들 못 앉게
먼지 닦는 시늉하며 빈자리 막고 서서
더디 타는 날 향해 바삐 손짓할 때

빈자리는 남에게 양보하는 것이라고
아침저녁 학교에서 못이 박힌 나는
못 본 척, 못 들은 척
얼굴만 자꾸 화끈거렸는데

마흔 고개
붐비는 지하철
어쩌다 빈자리 날 때마다
이젠 여기 앉으세요 어머니
없는 먼지 털어 가며 몇 번씩 권하지만

괜찮다 괜찮다, 아득한 땅속 길
천천히 흔들리며 손사래만 연신 치는
그 모습 눈에 밟혀 나도 엉거주춤

끝내 앉지 못하고.

별에게 묻다

천왕성에선
평생 낮과 밤을
한 번밖에 못 본다.
마흔두 해 동안 빛이 계속되고
마흔두 해 동안은 또
어둠이 계속된다.
그곳에선 하루가
일생이다.

남해 금산 보리암
절벽에 빗금 치며 꽂히는 별빛
좌선대 등뼈 끝으로
새까만 숯막 타고 또 타서
생애 단 한 번 피고 지는
대꽃 틔울 때까지

너를 기다리며
그립다 그립다

밤새 쓴 편지를 부치고

돌아오는 아침
우체국에서 여기까지
길은 얼마나
먼가.

물미해안에서 보내는 편지

저 바다 단풍 드는 거 보세요.
낮은 파도에도 멀미하는 노을
해안선이 돌아앉아 머리 풀고
흰 목덜미 말리는 동안
미풍에 말려 올라가는 다홍 치맛단 좀 보세요.
남해 물건리에서 미조항으로 가는
삼십 리 물미해안, 허리에 낭창낭창
감기는 바람을 밀어내며
길은 잘 익은 햇살 따라 부드럽게 휘어지고
섬들은 수평선 끝을 잡아
그대 처음 만난 날처럼 팽팽하게 당기는데
지난여름 푸른 상처
온몸으로 막아 주던 방풍림이 얼굴 붉히며
바알갛게 옷을 벗는 풍경
은점 지나 노구 지나 단감 빛으로 물드는 노을
남도에서 가장 빨리 가을이 닿는
삼십 리 해안 길, 그대에게 먼저 보여 주려고
저토록 몸이 달아 뒤척이는 파도
그렇게 돌아앉아 있지만 말고
속 타는 저 바다 단풍 드는 거 좀 보아요.

자귀나무

빗소리에

젖었다

풀리고

밤중에 접혔다

낮에 펴지는

소쌀밥나무 잎처럼

날마다 첫 꽃에

피고 또

지는 마음.

마음의 액자

멀리 있는 것이 작아 보이고
가까이 있는 것이 커 보이는
원근법의 원리 이미 배웠지만
세상 안팎 두루 재 보면
눈에 멀수록 더 가깝고 크게 보이는 경우도 있지요.
오늘처럼
멀리 있는 당신.

어느 날 문득 내게로 오는 것이
돈오돈수(頓悟頓修)의 유리 거울이라면
끊임없이 가닿기 위해
나를 벗고 비우는 일이
원근보다 더 애달픈 사랑이라는 걸
마음의 액자 속에서
비로소 깨달은 오늘.

화문(花紋) 기와

꽃의 끝에는 고요보다 깊은 적멸
먼 왕조 연못가로
발묵(潑墨) 번지는 풀 이끼.

남해 멸치

너에게
가려고 그리
파닥파닥
꼬리 치다가
속 다 비치는 맨몸으로
목구멍 뜨겁게 타고 넘는데
뒤늦게 아차,
벗어 둔 옷 챙기는 순간
네 입술 네 손끝에서
반짝반짝 빛나는구나

오 아름다운 비늘들

죽어서야 빛나는
생애.

남해 마늘

보리밭인 줄 알았지
하늘거리는 몸짓
그 연하디연한 허리 아래
매운 뿌리 뻗는 줄 모르고
어릴 적엔 푸르게 보이는 게
다 보리인 줄 알았지

배고프단 말 못 하는 것들
발밑에서 그토록 단단한 마디로
맺힌다는 것
땅속으로 손 비집고
문질러 보기 전에는 왜 몰랐을까
눈물이 어떻게 소금보다 짠지
네가 왜 푸른 잎 속에 주먹밥 말아 쥐고
바닷가 밭고랑에 뜨겁게 서 있는지.

밤을 깎으며

늙은 호박 나박나박 썰어 넣고
햇볕에 잘 익은 대추 한 됫박 씻어 넣고
삼다수 고운 물 잘브락하게 붓고는
불 올려놓고 돌아앉아 밤을 깎는다.
토실토실 알이 굵은 옥광밤
껍질이 실해서 손끝에 힘을 잘 줘야 한다.

뾰족한 눈 쪽부터 부드럽고 펑퍼짐한 엉덩이 쪽으로
윤기 나는 밤껍질을 벗기다 보면
지난봄 처음 피운 밤꽃 향기 후끈하고
꽃 진 자리에서 뽀얗게 살 오르던 한낮의
볕살 되살아나고 더러는 벌레 먹은 상처 자국
비바람 속에서 크고 작은 걱정거리 다독이던 표정도 보인다.

얼마나 많은 날들을 말 없이 견뎠으면
단단한 껍질 안으로 속옷까지 떫어졌을까
이런저런 생각에 칼끝이 자주 어긋나고
물 끓는 소리 손바닥 얼얼하게 뜨거워 오는데
밤은 좀체 깎이지 않는다.
꽃 피고 살 차오르고 속껍질 겉껍질 익어 가는 동안

한 번도 제대로 챙겨 주지 못한 미안함이
자꾸 헛손질을 하는구나.

난생 처음 손에 물 묻히지 말라고
붓기 잘 빠지는 늙은 호박에 대추 밤 달여
따뜻하게 떠먹여 주는 숟갈 한번 받아 보라고
그대를 위해 세상일 중에서 가장
겸손한 자세로 밤을 깎는다.
오래된 마음의 굳은살 함께 깎는다.

나에게 보내는 편지

아름다운 풍경 볼 때마다
생각한다.
오래전부터 여기
있던 사람.

너무 익숙해 곁에 있는 것조차
잊어버리고 사는 동안
잔잔한 호수 가득 차올라
혼자 반짝이는
그대.

얼마나 깊은 아름다움인 줄
늦게 깨달은 사람
물빛 깊은 바닥부터 들여다보는구나.

사랑은 그냥 물빛이 아니라
바라보아도 바라보아도 물리지 않는
하늘빛

그곳으로 은하가 흐르고

별빛 찰랑거릴 때
내 안에서 함께 사운대는
물결

가까이 있어 미처 몰랐던
풍경, 호수에 비친
그대 모습
오래도록 바라보노니.

달력과 권력

이집트에선 아침 해가 뜨는 시간이 하루의 시작이고
중동에서는 일몰이 하루의 시작이고
동양에서는 한밤중, 자정이 기점이라는데

하루에 아침이 세 번 오면 안 되나요.
우리가 은밀하게 손금 나누는 밤은
왜 한 번밖에 없나요.

천문학자들이 4억 년 전에는 지구의 하루가
스물한 시간이었다는군요.
1년에 해가 사백두 번이나 떴다 졌다는데

지금은 왜 하루가 스물네 시간인가요.
일주일은 하필 7일이며 요일도 일곱 개인가요.
당신을 기다리는 한 달의 크기는 또
왜 들쭉날쭉한가요.

당신이 시간과 역사의 올을 짤 때
난 공간과 이데올로기의 천을 짰지요.

바빌로니아에서 태음력을 고집한 이유도 그렇군요.
1년이 삼백쉰나흘이어서 3년에 한 번씩
세금을 더 거둘 수 있으니.

그러면
먼저 도착한 사람들과
나중 출발한 사람들이 함께 만나는 날짜는
도대체 언제인가요?

오, 미시사로 좁아지다가
거시사로 넓어지는
길 위의 또 다른 길
달력과 권력.

창생

나 돌아간다.
남으로 머리 눕히고
한 많은 북해 설원 칼바람도 잠재우고
동경 용원 따뜻한 삼월
흰 옷 한 벌로 돌아간다.
왕조의 반세기를 평원에 펼쳤으니
가는 길 가벼워라.
지난 세월 주마등도 꿈처럼 내려놓고
나 이제 고운 흙길 능소로 돌아간다.
길 따라 초록 들판, 빛 부신 내 땅이여
수억 수천 창생의 풀꽃
온몸으로 짙어 온다.

천문령에 아버지를 묻고

마른 칼날에
눈발 버히는 소리

바람 맵고
달빛 우수수

밤마다 꿈에 밟혀
내 어찌 두 발 뻗고
편한 잠 잘 수 있으리.

귀로

상경서 천문령 넘고
속말강 부주 지나 거란 가는 객상길
해 지고 노을 붉을 때
명주 마포 초피 황랍 물굽이 교어피도
수레에 가득하다.
군마 깃발 험하던 산길
세포와 마속 신고 서녘 길 함께 간다.
길이 좁아지는 접경지대
멀리 돌궐왕 전사한 얘기
습족 추장 사냥하던 전설
바람 따라 넘나든다.
겨울 외성 눈발 묻힌 새벽
얼음 깊은 속말강 밤새워 건넌 뒤엔
돌아올 길목마다 소복한 돌무덤
귀로엔 또 몇몇 생사의 강 따로 건너
해 넘고 얼음 풀려도 돌아오지 못했느니.

저 별을 잊지 마라

대륙 밤 깊을수록
창해 푸른 물굽이 짙다.

멀리 책성 별이 지고
떨어지는 유성 아래
빛나던 왕조가 지고
옛 성을 혼자 돌던
순라 횃불도 졌는데

아아 누가 이 밤에
돌을 깎는 소리
캄캄한 빛을 쪼아
칠흑 하늘에 박는가.

솔빈에서 명마를 구하다

밤 깊은데 천 리 밖에서
철총마 울음소리
검푸른 갈기 치며 솔빈 평원
질러온다. 찬 별빛 어둠 뚫고
칠흑 벌판 달려온다.
산 밑동 뒤흔드는
육중한 쇠 박차 지축
뜨겁게 땅을 차며 신생의 네가 온다.
적막 하늘 소스라치고
수분하 강물도 솟구쳐 뛰는데
애마여 날렵한 발목으로
저 멧부리 굵은 줄기 맨 자갈 큰 계곡들
모두 불러 깨우는구나.
우렁우렁 산판들
힘줄 곧게 일어서고
끝없어라 발굽 소리
가슴 뛰는 첫새벽을
천 리 준총 야생의 네가
푸른빛으로 여는구나.

2부

바보 산수
— 운보와의 대화 1

20세기 말 둥근 유리 지구, 흑백 진공관 속으로
무성영화 돌리며 빨간 양말 한 켤레 걸어가네.

당장, 구화(口話)를, 배워야 해. 네, 미래는 저,
하늘…… 만큼 크지만, 네, 장애는 바늘…… 구멍보담
작은걸, 말을…… 할 줄…… 알면, 내가, 이, 다음에
꼭…… 취직, 시켜 줄게.

충북 농아 복지회 유리창 밖으로 깃 하나 떨구고
호르르 날아가는 멧새, 저 귀 먹고 눈 총총한!

청록 산수
— 운보와의 대화 2

귀 먹으면 눈으로 듣지.
입 막히면 손으로 말하고
세상 끝 모포 한 장이면 어때.
이대로 돌아누워 그림이 되고 사랑이 되고
눈물되는 그대가 곁에 있으니
진진묘야 진진묘야, 푸른 소나무 모여
산을 이룬 이곳에 와서 비로소 당신을 만나네.

나는…… 임꺽정을 좋아합니다. 그분은 항상
천대받고 살았지만…… 의리와 강인한 자세로
어려움을 극복…… 했습니다. 귀가 멀고 말도 잘 못하는
나 역시 어릴 때부터 동네 아이들에게…… 놀림받고
돌팔매질 당했어요. 그래서 유도를 배우고 눈물을 참는
훈련도 했습니다. 여기 비하면…… 여러분은 얼마나
행복하십니까. 나와 비교도 안…… 되는 헬렌 켈러의
삼중고를 생각하면…… 무엇이 두렵습니까.

청송 감호소 연초록 배추 잎들, 바람결에
고개 끄덕이며 한 잎씩 일어나 들판으로 가네.
그 뒤에서 맑은 귀 푸른 입, 제 몸의 붓끝을 세워

홀로 돋는 저 화선지 위의 청송(靑松) 한 그루.

진미 생태찌개

마포 용강동 옛 창비 건물 맞은편에
진미 생태찌개집이 있는데요.
일일이 낚시로 잡아 최고 신선한 생태만 쓴다는
술 마신 다음 날 그 집에 사람들 모시고 가면
자리 없어 한 시간쯤 기다렸다 먹기도 하는데요.

한 사람은 거참 좋다 감탄사를 연발하고
또 한 사람은 아무 말 없이 숟가락질 바쁘고
다른 한 사람은 감탄사와 말없음표 번갈아 주고받다
이 좋은 델 왜 이제야 알려 주느냐고
눈 흘기며 원망하는 집이지요.

가끔은 생태 입에서 낚싯바늘이 나오기도 한다는
그 집 진미 생태찌개처럼
싱싱하고 담백하면서 깊은 맛까지 배어나는,

한 사람이 그 양반 참 진국일세 칭찬하고
또 한 사람이 아무 말이 필요 없는 사람이라 하고
다른 한 사람은 왜 이제야 우리 만났느냐고 눈 흘기는
그런 사람이 바로 나였으면 좋겠다고 생각하는

그 집을 저는 아주 아주 좋아합니다.

하석근 아저씨

참말로
아무 일 없다는 듯
이제 그만 올라가 보자고
20리 학교 길 달려오는 동안 다 흘리고 왔는지
그 말만 하고 앞장서 걷던 하석근 아저씨.

금산 입구에 접어들어서야
말이 귀에 들어왔습니다.
너 아부지가 돌아가셨······

그날 밤
너럭바위 끝으로
무뚝뚝하게 불러내서는
앞으로 아부지 안 계신다고 절대
기죽으면 안 된대이, 다짐받던

그때 이후
살면서 기죽은 적 없지요.

딱 한 번, 알콩으로 꿩 잡은 죄 때문에

두 살배기 딸 먼저 잃은 아저씨
돌덩이 같은
눈물 앞에서만 빼면 말이에요.

그날 이후.

폭포
— 운보와의 대화 3

얼마나 좋을까.

저 신의 소리를
한 번만이라도 들을 수 있다면…….

아버지의 귀향

송화강 물빛 여기 와서 푸르거니
한 번 떠난 땅 돌아오는 길이 더 낯설다.
모시밭 한구석에 담을 치고
밤새워 터 밟다가
아직 찬 북방의 별
그대를 생각는다.
더 이상 잃을 것 없는 억새 들판
마른 강가에 두고 온 것들이
여기서도 시리디시린
그리움 될 줄이야
날 밝기 전까지
나 집 짓는 일 미뤄 두네.
새벽 물안개 속으로 지친 몸 풀고
뼈 씻어 헹구던 곳
끝없는 슬픔의 깊이로
별빛 푸르른 우물 하나
먼저 놓는 일
남아 있네.

떡 찌는 시간

식구들
숫자만큼
모락모락

흰 쌀가루가 익는 동안

둥그런 시루 따라
밤새 술래잡기하다
시룻번* 떼어 먹으려고
서로 다투던
이웃집 아이들이
함께 살았다네
오래도록

이곳에.

* 시룻번: 떡을 찔 때 시루와 솥 사이에 김이 새지 않도록 바르는 반죽.

내장산 단풍

낙타의 혹을
베자

화산이
폭발했다.

오, 내장을
가득 메우는

저 용암.

죽령

평강과 함께 죽령을 넘는다.

장림(長林) 마을에 숲이 없고
죽령(竹嶺)에 대나무가 없다니

아흔아홉 굽이 돌며
온달은 보았을까
죽령이 다 닳도록 찾아 헤매다
계곡 아래 혼자 숨어
뿌리째 몸 트는 꽃

구름이 서쪽으로 넘어가면
산은 또 동쪽으로 옮겨 앉고
천둥 치고 번개 꽂힐 때마다
마디마디 아팠겠지

그날처럼 죽령에 대숲은 없고
비만 죽죽 내리는데
한세상 깊은 울음
장림 마을이 다 젖는데

손 밑에 칼금을 놓아
눈물 한 몸 다 비운 뒤에야
한번 보기는 보았을까

명치끝에 맺힌 옹이
더운 피로 고개 타고 넘는 순간
웅크렸던 허리를 펴면
텅 빈 등뼈 끝에서 대꽃이
화악 튕겨 오르는 모습.

옻닭 먹은 날

유난히 눈을 좋아하는 그대
예쁜 손목 잡고 싶을 때
행여 차가울까

옻닭 먹으면 추위 덜 탄다는
그 말이 더 따뜻하고 고마워서
생옻닭 국물 한껏 마셨네.

새벽이 되자 마음이 가려웠네.
등도 배도 가슴도
옻 오른 팔목도 붉게 탔네.
아침까지 온몸 가득 꽃 피는 들판
햇빛마저 쏟아붓네.

이렇게 뜨거운 것들이 모여
바알갛게 익은 꽃들을 피우고 나면
얼마나 깊은 열매 맺을까 그 열매
땅으로 내려 그리운 뿌리까지 가닿고 난 뒤엔
또 어떤 꽃이 그대 앞에 필까.
꽃 지고 열매 지고 뿌리까지 지고 난 뒤에도

변함없이 겨울은 오고 눈은 내리고

설국을 사랑하는 그대 손끝까지
부드럽고 따숩게 가닿기 위해
마디마디 손금 데우며
혼자 화끈거리는데

아 그토록 차가웠나
내 손 내 몸 내 마음

설국까지 가기 전에
내 몸이 먼저 하얘지네
눈시울 붉어지네

너무 오래 외로워서 손발 시린 세상도
이렇게 한번 덮혀졌으면
한겨울 오기 전 타는 그리움

그대 흰 손 잡아 보려
내 손 아프게 데우는 연습.

반달

심장이
나의 반을 두들기면서

두근두근 몸 전체를
뛰게 만들듯

비스듬히 옷섶 열고
가슴 한 켠 보여 주는 당신

밤과 낮 다른 곳에서도
우리 이렇게 절반씩 몸 맞추는

참 좋은
초가을 밤.

지하철에서

잘못 내린 역에서 돌아가려고
남들 다 빠져 나온 출구
되짚어 들어가는데
이 길 먼저 지나간 사람들
뒷모습이 하나씩 지워진다.

여기까지 나를 밀고 온 세월과
예고 없이 길을 막던 차단기
앞만 보고 걸어온 삶이
이토록 가볍게 지워지다니

터널 지날 때마다
언뜻언뜻 비치던 얼굴들도
아하,

거미줄 같은 땅 밑 길
몸 낮추고 보폭 줄이며
느리게 걷는 법 가르쳐 주려고
날마다 거울 저쪽에서
그렇게 손짓하고 있었구나.

간밤에

눈이 오신다고
잠 깰까 봐
전화 대신 이렇게
메일로 보낸다고

눈길 속을 소리 없이 왔다 간
네 발자국 때문에
새벽꿈이 그리
뽀드득거렸나.

개심사에서

개심사 입구 세심동에
어린 할아버지 한 분.
지난 팔월에 팔순 잔치 혔제
여그서 한 10년
취나물이며 은행 말린 거며
커피 사발면 같은 거,
대처에 나간 적 없어
할멈은 일흔다섯, 살림하지
건강 비결?
평생 놀았지 센 일 안 했어
한량이여

아 취나물 안 살 겨?

만리포 사랑

당신 너무 보고 싶어
만리포 가다가

서해대교 위
홍시 속살 같은
저 노을

천리포
백리포
십리포

바알갛게 젖 물리고
옷 벗는 것
보았습니다.

신창 저수지 물오리떼

저것 좀 봐

부드러운
산 능선

얼음 깨고

잘 익은
엉덩이들.

돈

그것은 바닷물 같아
먹으면 먹을수록
더 목마르다고
200년 전, 쇼펜하우어가 말했다.

한 세기가 지났다.

20세기의 마지막 가을
앙드레 코스톨라니가
93세로 세상을 뜨며 말했다.

돈, 뜨겁게 사랑하고
차갑게 다루어라.

그리고 오늘
광화문 네거리에서
삼팔육 친구를 만났다.

한잔 가볍게
목을 축인 그가

아주 쿨하게 웃으며
이렇게 말했다.

주머니가 가벼우니
좆도 마음이 무겁군!

치자꽃 피던 밤
── 미당풍으로

그날 밤
밭언덕에 등불처럼
하얗게 핀 널 잡으려고
어둠 속을 달리다가 그만
달고 신 네 손목에다 나는
어쩌자고 코피를 쏟고

그날 이후 날마다
못 견디게 그리울 땐
샛노랗게 온몸 꽃멍이 들어

해마다 6월에 피었다가
10월에 맺는 줄 알겠지만
치자 물 든 밭언덕만 보면
등불처럼 하얀 네 손목에다
붉은 씨를 뿌리고 싶어

그날 밤 이후
나는 늘 꽃만 보면 코피를 쏟고.

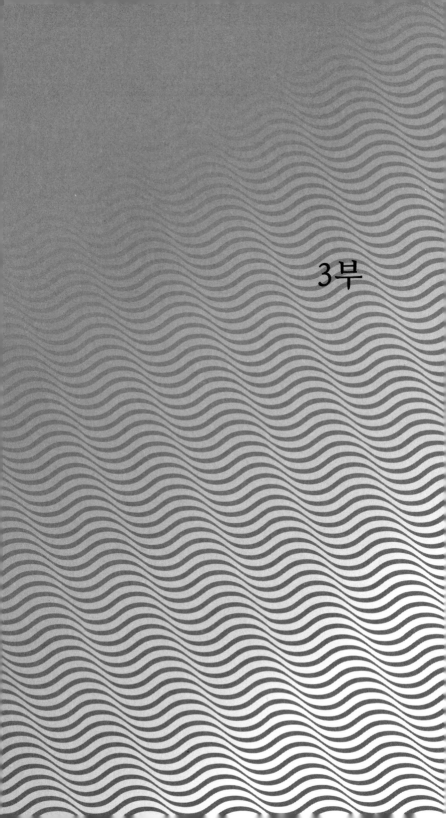

3부

별이 된 꽃

생텍쥐페리가 살던 집에 와
늦게까지 노니는 밤
무엇엔가 크게 놀란
눈빛으로 그가
가슴 아픈 동화 한 편을 끝내는 순간
하늘로 올라갔던 수많은 꽃들 중 하나가
술잔에 떨어졌다
먼 사막에서
어린 별이 하나
반짝, 놀란다.

고갱 씨 안녕하세요?

내 친구 프랑수아가
유일하게 할 줄 아는 한국말
"인생 왕 복잡해요."
최고 명문 그랑제콜 나오고
잘 나가는 국제 금융 전문가로
순풍 돛단배 같던 그가
어느 날 더 이상 안 되겠다고
수평선에 급정지하더니
그림만 그리겠단다.
서른 중반 망망한 대해를 좌악 접고는
그 위로 붓질을 시작한다.
"너 고갱 닮았구나."
"그럼 내 꿈은 왕 괜찮은 화가."
어제 저녁 그렇게 호탕하게 그가
한마디 덧붙였다.
"인생 왕 재밌다!"
물감 묻은 바지에 두 손을 딱
짚고서 모처럼 배부르게
저녁밥을 먹은 그가.

몽파르나스 공원묘지

비 내리는 가을날 오후
몽파르나스 공원묘지
고즈넉한 안개 길을
한 노인이 들어가고
두 연인이 걸어 나온다.

노인들은 돌아갈 길을 찾고
젊은이들은 돌아올 길을 찾느니……

나는 오래된 묘비들을 앞에 놓고
최신식 몽파르나스 타워 빌딩을 배경으로
찰칵찰칵 사진을 찍는다.
묘지에도 집집마다 번지가 있고
대로와 골목길이 따로 있다
지붕이 높고 화려한 집
처마가 낮고 소박한 집
있는 듯 없는 듯 고요하게 누워 있는 사람도
탑을 세워 높은 곳에서 내려다보는 얼굴도 있다.

오늘 또 한 사람 자기 집으로 들어간다.

마중 나온 사람도 배웅하는 사람도
저마다 꽃을 들고 검은 옷을 입었다.
장의차는 앞문으로 들어와 조용히 뒷문으로 나간다.
너도밤나무 떡갈나무 열매가 지붕 위로 투둑 떨어진다.

하루 종일 산책하다 벤치에 앉아
간혹 혼잣말 중얼거리는 할아버지
젊은 방문객이 길을 묻자
자기 집인 양 익숙하게 길을 밟는다.
그러고는 금방 제자리로 돌아와 신문을 펼치거나
안경을 만지작거린다.

오후 햇살이 묘비명 끝에 걸리고
관 뚜껑을 덮듯 하루가 저물면
몽파르나스 공원묘지
사방 문이 닫히고, 그러면
하나둘씩 자리를 털고 일어나
골목마다 제 집 앞을 청소하는 사자들.

날마다 죽어 가는 사람들과 더불어

태어나는 숫자도 그만큼씩 늘어 간다.

묘지에서의 생각

파리 시내 동북쪽
페르 라셰즈 묘지에 닿아
오스카 와일드와 마르셀 프루스트와 이브 몽탕
이사도라 덩컨과 에디트 피아프와 짐 모리슨
몰리에르 발자크 아폴리네르 모딜리아니 쇼팽

다시 북서쪽으로 가
몽마르트르 묘지에서
에밀 졸라와 스탕달 하이네 드가 밀레 뒤마 피스

센 강 건너 남쪽
몽파르나스 묘지
사르트르와 보부아르 보들레르와 모파상
마르그리트 뒤라스 세르주 갱스부르까지

제각각 돌로 된 집들 어루만지며
그 어떤 순례자의 발길보다
겸허하게 걷다가 문득 돌아보니
오, 둥두렷이 떠오르는
아버지의 봉분이여.

퐁피두 센터

얼마나 울었으면
목울대 밖으로 저리 굵은
핏줄이 불거졌을까
바람 부는 날 퐁피두 센터에서
커다란 파이프 오르간 등줄기 타고
하늘로 치솟는 소리
뼛속에서 몸 밖으로
꾸불텅꾸불텅 터지는 힘줄
바람기둥 땅속 깊이
뿌리 박는 눈물의 통로
오늘은 목젖까지 차오르는
그리움 견디다
뜨거운 저 핏줄 타고
나도 네 이름 부르며
하루 종일 웅웅
목 놓아 운다.

기러기 나라

달 밝은 가을 밤에 기러기들이
찬 서리 맞으면서*

집으로 간다.
지난겨울 어린 보리 잎 쪼아 먹고
날갯죽지 파릇해진 선배들도
줄지어 퇴근한다.

두고 온 깃털이나, 떠나보낸 부리들
먼 곳에서 흔들리며 춥지 말라고
바삐 바삐 둥지에 닿아
온몸으로 군불 지피는 사람들.

온돌이 조금씩 데워지는 동안
깨금발로 처마 끝 바라보는 모습 뒤로
거울 속 나무 기러기 한 쌍
찡긋하며 마주 보고 눈을 맞춘다.

* 동요 「기러기」에서 따옴.

한여름

남녘 장마 진다 소리에
습관처럼 안부 전화 누르다가
아 이젠 안 계시지……

지평선 가까이 있는 달이 커 보인다?

똑같은 달도
땅과 가까울수록 크게 보인다네.
지평선이 달을 돋보이게 하기 때문이라지.
그러나 이는 사람 사이의 거리만큼
겉보기에 따른 착시 현상.
높이 뜬 달이 작아 보이는 것 또한
마음의 크기 때문에 일어나는 착시라네.

끝이 점점 좁아지는 철로
가까운 곳과 먼 곳에
길이가 같은 선을 놓으면
먼 데 선이 더 길어 보이는 것도 마찬가지라네.

하지만 망원경처럼 손을 말아
지평선과 하늘에 뜬 달만 따로 비춰 보면
그 크기가 똑같다네.

아무리 멀리 있는 자동차나 나무라도
우리가 그만큼의 거리를 알고 나면
비로소 참모습 보이느니

더구나 그 사람이
오늘처럼 둥글고 그리운 밤에는.

팥빙수 먹는 저녁

흰 눈가루처럼 백설기처럼
부드러운 얼음이 소복하게 쌓이는 밤
둥근 유리그릇 안에서 그대는
뽀얀 우유와 연한 오렌지 조각 어루만지며
천천히 아주 천천히 몸을 풀고

팥고물처럼 우리 이렇게 달디단 눈빛으로
한 백 년쯤 녹아 갈 수 있다면

오늘같이 더운 날
이마에 맺힌 땀방울 송글송글 닦아 주며
달뜬 마음도 식혀 주며
한술 한술 서로 입에 넣어 주다가
빈 그릇 밑바닥에 얼굴 비춰 보면서
시원하지 참 시원하지 다독여 주면서
한 그릇 더 시킬까 마음 써 주면서

오순도순 손잡고 돌아오는 길에는
아 사각사각 눈 내리는 겨울밤까지
이 길 오래오래 이어지길 빌면서

내일 또 내일 내년 후 내년
이 시려 찬 것 더 못 먹는 날까지
손가락 걸고 자박자박
아름답게 늙어 갔으면.

가을 엽서

그 바다 비 내리면 오히려
마음이 건조해집니다.

장마 이미 그쳤다니 햇살 끝
더 여물어졌겠네요.
따글거리는 가을볕 받으며
오래 접어 두었던 마음도
뽀송뽀송 펴 말리고 싶은 그런 날

늦게까지 오래오래
그대와
누리겠습니다.

짝사랑

빈 들판 한가운데
홀로 젖는 산

꽃잎 진 자리마다
새로 돋는 남녘 길을

제 몸의 상처 지져
찻잎 따러 가던 사람아.

가장 아름다운 곳

남해 금산
상주 해수욕장
먼 바다 사량도 비진도
거제 통영 한려수도
몽돌밭까지 헤매면서
오목한 발바닥에 족장 지문 맞춰 보다
등짐 배낭일랑 구름에 넘겨주고

가벼이 돌아오던 날

달빛 노을 끊어 용산 CGV 들렀더니
아하,
영화 「베뉘스와 플뢰르」에서
그녀가 알려주네.
세상에서
가장 아름다운 곳은
사랑하는 사람이 있는 곳이라고.

풀밭에서 일박

별빛 아래 잠들었다
이슬 보듬고 깨어난 아침

풀밭 이불 베개 속에
동전 몇 닢 감춰 놓고
또다시 길 떠나는

하늘 땅 구름 모두
가장 싼 숙박비로
하룻밤씩 묵어 가는
푸른 여인숙.

그리운 강변

비 그친 날
강변에 나와 풀을 밟는다.

바큇살 반짝이며 은빛 페달을 밟는 바람
강북으로 흘러가는 2호선 순환 열차
애벌레 일곱 마리 지나간 선로 위로
구름은 당산철교를 천천히 밀고 가고

그 그림자 밟으며 노을이 또
지는 해를 나긋나긋 휘감아 안고 가고

아이들은 초록 돛배가 그려진
모자를 쓰고 하류 쪽으로 물살을 밀어낸다.

강의 허리 밑에서 밀물과 썰물이 만나는 동안
지구 반대편 강물이 출렁, 풀밭에 부딪치고
보리밭 찰랑이던 쪽빛 치마처럼
온몸에 푸른 무늬 짜 넣으며

실핏줄 사이로 나를 밟고 가는

저 높새바람.

가포 바닷가 그 집

고흐의 일기를 읽다
바다를 내려다보면
손바닥만 한 창밖으로
해바라기 달빛
요양원에서 나온 소롯길이
그 집 앞마당까지 닿아서는
댓돌에 신발을 벗어 놓고
커튼 밑으로 달아나던
그런 밤이 있었나니

외롭고 높고 쓸쓸한 것

백석만이 아니었구나.

땅끝에서

누가 빗었을까
새벽 서리에
삼단 머리 참빗

흔들리는 잎들은
저마다 뾰족한
끝을 감추고 있구나

첫 배를 기다리며
땅끝에 와
생각느니, 아

모든 날카로운
얼음이 여기서부터
시작되는구나.

침엽의 새벽

망운산 재를 넘다
적설에 갇힌 계곡.

바람은 날 세우고 우우우 몰려와서
빗금 친 눈발 사이 얼음벽을 쌓는다.
혼자 일어나 바라보는 대륙의 짙은 어둠
만 권의 책으로도 깨울 길 없더니
아 아 어느 침엽의 숲에서 떨어지나

캄캄한 새벽하늘 솔잎 내려
꽂히는 소리.

낙산 일몰

날마다 해 떨어져 쌓이는 곳
바람, 꽃, 바다,
저 깊은 물밑 길을
혼자 지나온 사람은 알지요.

낙산사 추녀 끝 황토담 기와 따라
춤추는 일몰, 층층이 벽을 맞댄
7층 석탑 구리종이 돌담에 뼈 하나씩
제 몸의 이끼 벗겨 다리 놓는 사연.
의상대 마룻바닥 갈라진 뱃길 위로
오래된 옷 벗듯 홀홀 떨어지며

보았지요. 꽃보다 날렵한 물굽이들
몇 생의 해가 모여 첫닭 울음처럼
붉게 타며 떠오르는 저 해.

녹산에 흰 사슴 띈다

잠들지 않았구나.
시엄수* 푸른 강물
활등으로 물살 가르던
동명의 슬픔까지
물고기 자라 떼
비늘 엮어 다리 놓던
그 밤 물안개 아직 깊은데

녹산 재령 산맥 끝에서
빛 한 줄기 사슴이 띈다.
맨몸으로 고라니 잡아
가문 땅 비 뿌리던 주몽도 함께 띈다.
검은 대밭 산죽 아래
녹산이 달려오다 울창한 관목 그늘
뿌리째 몸을 튼다.

* 시엄수: 동명신화 속의 강.

4부

바다로 가는 그대

이제는 더
버릴 것 없는 한천(寒天)
바람 찬 요동벌을 발해가 걸어간다.
적막강산 짊어지고 신화 속으로 들어간다.
등뼈에 쑥뜸 놓아 세상 밝히던 그대
저무는 영토 위를 노을이 붉게 덮고
왕궁 밖에선 즐문토기 슬픔 더 깊다.
비바람 치면 비바람으로
눈보라 치면 눈보라로
외살문 빗금 헤치며 달려온 밤길
헛되지 않았노라,
죽은 풀꽃들 새 땅에 뿌리 심듯
다시 떠오르기 위해 지는 해는
아름답다. 구국에 옹성 쌓고
살을 베어 씨 뿌리던
흰옷의 슬픔들도 도탑게 반짝이리.
무엇을 잃었는가 그대
뜨거운 해를 안고 출렁이는
땅끝 지나 광활한 두 팔 벌리고
바다로 가는 발해여 발해여.

빈 들에 보습 하나

밭 갈고
뿌릴 씨 없는 들녘
등 굽은 자세로 누워
아버지, 보시나요
해 넘어간 산등성이
푸르던 진갈매나무 떡갈잎
다 떨어지고
말발굽 육중하던 그 시절
아버지, 무심한 노을 뒤로
줄줄이 몸저눕는 산판들 보시나요
저문 땅 마른 강물
숨죽여 땅을 밟고 가슴에
반짝이는 보습 날 하나
품고 섰는 망국의 하늘
보시나요, 아버지
밤마다 별을 씻어 허리 밑에
감춰두고 녹슬지 않는 쟁기 가래
호미 자루 저 혼자 깨어
홰를 치는 저 들의
긴 밤 울음소리 들리시나요.

대능하를 건너

대능하 넓은 물을
칼등으로 내리친다.
안동 도호부 두꺼운 성벽
오성 빽빽이 깃발 꽂고
장정이다, 이천 리 장정
솟구치는 물살 따라
애마여 길을 터라
당군은 뒤에 있고 우리 앞엔
해 뜨는 땅이 있다.
들판에 익은 낟알
등 굽도록 업고 가자.
등모산 언덕까지 수레 가득
지고 가자. 이 강물 건너뛰면
열두 굽이 장령재 너머
얼음 풀리는 구국산성
봄꽃 환장히 반기리라.

소금의 노래

늦가을 한류 골라 돛을 올린다.
나라 밖 동해 길 멀고 험하여
용원부 먼 항구서 일천팔백 리

갈 때는 계절풍에 몸 누이고
올 때는 동남풍에 뼈 세우니
난류의 뱃머리가 소금보다 따가웠다.

순풍 맑은 날에도 표류 난파 많았으나
비바람 태풍 뚫고 닻을 걷지 않는 뜻은

풍랑에 첫길 닦던 그 넋들 함께 불러
섬나라 외진 곳으로 악부(樂賦)를 전함이네.

칼을 베고 눕다

빼앗긴 발해 물
철총마에 다 마시게 하고
녹산 깊은 참나무 숲
칼등으로 가지 치며
울울창창 산맥들도 휘감아
안고 간다.
칼 베고 누운 나를
세세만년 바람이 씻고
눈발 차갑게 비벼 와도
내 땅의 강물 들판
붉게 타 울음 깊겠다.
나 이제 돌방 지붕 헐어 내고
그 속에 혼자 들어
내 묻힌 치욕의 강토
새벽마다 솟구치는
칼집으로 삼겠도다.

길을 끊다
— 유성현에서

너를 잃고
길을
끊는다.

이 길 지나면
고운 흙 두고 온 집
귀향길 더뎌질라,
돌아가 닿기 쉬운
이곳에 몸을 박는다.

대숲 밑으로 핏줄들
뜨겁게 뻗어 가는 동안
남의 밭에 씨 뿌리고
낯선 들에 보습 박으며
이대로 등뼈 굽는 봄
기다리리.

살아 눈부신 슬픔보다
그대에게 가 묻힐 희망
죽순처럼 돋아나는

푸른

대밭의 꿈

아직 남았으므로.

홍라녀*에게

미타호 물빛에도
봄 안개 깊은가
그대 햇살 파닥이는 물가에서
붕어 잡던 지난날의 반짝임들
아직도 사운대며 꽃잎으로
떠 있으리.

연연한 봄풀에 속절없이
가슴 뛰던 그때
무연히 콧등 달아
마음 붉히던
봄날이여

그대 품속 드넓은 들판
두근거릴 꽃무늬며
설레는 물소리도
아득하게 흘러가고
오늘은 연초록 저고리 따라
풀빛만 가득 젖어 온다.

＊ 발해의 민간 전설에 「홍라녀 이야기」가 있다. 아름다운 그녀는 나라에 어려움이 닥쳤을 때 지혜와 용기로 적(거란)을 물리치고 남편을 구했으며 백성들의 사랑을 한 몸에 받았다. 옛 발해 땅에 미타호라는 호수가 있는데, 그 주변 사람들과 중국 동북부 조선족 사이에 홍라녀 이야기가 지금도 전해져 온다. 독창적인 문화를 꽃피웠던 발해에서는 여성들도 저마다 성(姓)을 가졌다. 천 년도 넘은 옛 여인의 향기, 해마다 봄 들판에 풀빛 같은 그리움으로 새로 돋는 그 이름.

답추무(舞)

숙동 거울에 달 비친다
빙빙 돌아라 답추를 추자.
앞머리는 선소리꾼
뒷머리엔 사녀 장단
칠현 금고 더 높여라.
홍라녀 소매 끝동 오류하 잦아들고
흥겨운 패수 니하도 춤추며 출렁출렁
어화 저 보게 대홀한이여 사모 벗어 구름에 얹네.
큰 뫼 어깨 들썩들썩
막힐 돈사 속주 선주 모두 일어나 물결친다.
동모 산성 쫓기던 옛길 이천 리에도 달빛 간다.
빙빙 돌아라 답추를 추자
어화둥둥 답추를 추자.

양태사(楊泰師)를 읽다

이국의 근심 깊은 밤에
다듬이 소리 들려라.
바람결에 그 소리 끊기는 듯 이어지듯
별빛 낮은 새벽까지 잠시도 쉬지 않네.
나라 떠난 뒤 소식 아득한데
고향의 소리 예서 듣누나.
방망이 무거운지 가벼운지
다듬잇돌 평평한지 아닌지 알 길 없지만
밤 깊도록 깨어 앉은 그 모습 보는 듯하여
그대 방 찬 것이 걱정이네.*
떨어져 생각하고 또 생각느니
마음은 그대에 젖어 있고
다시금 들리누나 꿈도 깨고 잠 못 들어
시만 지었다 헐었다 날이 먼저 밝았네.

* 양태사의 '야청도의성(夜聽擣衣聲)'.

시인 원고(元固)

복건을 지나다가 당나라 시인
서인을 만났더니 눈 밝은 그이
발해 이름으로 장안 과거에 오른 것 알고
술잔에 시를 부어 권하더라.

계수나무 가지 꺾어 언제 달에서 내려왔나
민산으로 나를 찾아 글을 묻네
즐거이 금솔(金崒) 녹여 병풍 위에 썼다 하니
누가 모자라는 내 시 해 뜨는 쪽 가져갔나
담자는 옛 공자를 만났고
유고는 전에 진궁(秦宮)을 풍자했지
대국의 선비 몇 사람이나
순박한 감정 떨칠 수 있을까

혼자 넘는 국경의 밤
달빛이 이마에 차다.

책 읽어 주는 사람

신대륙을 발견한 사람은 콜럼버스가 아니라 아메리고 베스푸치였대. 그래서 땅 이름도 콜롬비아가 아니라 아메리카라는데 학교에서는 왜 이걸 가르치지 않는지 몰라. 하긴 이유가 없지는 않아. 베스푸치에겐 전기 작가가 없었고 콜럼버스에게는 있었지. 바로 그의 아들. 생각해 봐, 플라톤이 없었다면 누가 소크라테스를 알겠으며 사도들이 없었다면 어떻게 우리가 예수의 생애를 제대로 알겠어. 영화를 보고 나오다가 문득 네가 읽어 주던 승정원일기. 세계문화유산에 새로 등재된다는 소식 듣고 다시 올려다봤지. 오호, 제목이 사관(史官)과 신사(新史)로군.

반신(半身)

― 오층석탑, 동쪽

저

깊은
산그늘

혼자 밝히려고

탑은 아직
제 몸 깎아 뼈를 쌓고
저녁마다
뿌리 틀며
새카맣게 숯 기둥 박는데
첩첩 산허리 뜨거운 발등
칠흑 바다
저 그리움
아는지 모르는지, 손에 손
종이 등 들고 달무리 돌듯
밤새도록
빙글빙글
탑을 도는 사람들 제 몸의 절반

안개 속 묻어 놓고 어둡다 어둡다

지국총 지국총

지국총 지국총.

먼 길 온 사람

혼자 강물 기대선 그대
남루한 등 뒤로 무리지어 떠나는
저 새 떼 보아라
험한 세상 그리운 노래 따라
춤추며 흔들리며 끼룩끼룩
흩날리다 어둠 걷히는 강 저편
눈부시게 금비늘 은비늘 떨구며
가는구나. 바삐 지나온 길
물살 재재거리는 모래톱에 꿇어
밤 새도록 무릎 닦아 참회했으나
깃발 없는 둑길 가득 갈대꽃만 흐드러지고
새들이 떠난 자리
캄캄하게 기다리며 남아 있는 그대
이토록 오래 찾아 헤맨 것은 무엇이었을까
눈 떠보면 발아래 와 부딪히는
물소리 들판 한가운데로
두고 온 모든 것들이 깃 치며 살아나는 소리
툭 툭 꽃잎 털며 마침내 그대 일어설 때
보는가 숨죽여 엎드렸던 잡풀들 사이
펄럭이며 달려와 우리 앞에 서는

이 깊디깊은 눈물 끝간 데 없는
우리들의 귀로(歸路).

일산 호수공원

낮은 곳으로만 흐르는 게
아니네, 물은 내 몸의 가장
깊은 곳에서 자박자박 차올라
아름드리 항아리로 넘치려 하네.
둑으로도 막지 못하는 것
저무는 산등성이 구름을 넘다
노을이 빠뜨린 깃털 하나
항아리에 내려앉자마자 타는 호수
몸 붉히며 내 키를 넘네.

낮은 데서 높은 곳으로
엎질러지기도 하는 물
아래위 높낮이 따로 없는 호수에 젖어
털갈이 곱게 끝낸 오리 한 쌍 떠오르네.
물빛에 거꾸로 선 암수한그루 자작나무도
뜨네. 나뭇잎 뒤로 촘촘한 수맥
얇은 껍질을 벗기니 그 속에 천마총과
팔만대장경이 따뜻하게 익고 있네.

먼 곳에서만 흘러오는 게

아니네, 물은 가장 가까운 곳에서
먼 곳으로 물오리에서 자작나무로
날마다 출렁이며 제 속을 채웠다 비우네.
물살에 붓 헹구고 하늘호수로 들어가면
스스로 몸을 여는 수묵담채화 한 폭
그 여백에 한일자로 누워
산이 되고 물이 되어 한 백 년쯤
그렇게 혼자 흔들리고 싶은
일산(一山) 호수.

쉬는 날 오후

생각해 보면 이제 갓 네 살이 된
건이가 그리는 해와 달은 모두
사람 얼굴.
머리카락 빗금 친 햇살 눈부시고
달님 웃음도 무지갯빛, 나무는 왜
손가락이 긴지 산봉우리들은 두 팔이 왜
유난히 넓은지 아이들은
안다. 종이 별이 지붕 아래까지 내려와
대롱거리는 방 안 이불 위로 빼꼼히
발가락 내밀고 자는 아가는
안다. 빙긋빙긋 몽당연필이 꼬막손에서
빠져나와 도화지 위로 기어 다니다
색색의 눈사람들 만드는구나.
젖은 빨래 말리는 한낮의 마루 끝
잠시 소란스럽거나 간간이 나누는
김장 얘기가 중단될 때도
깜박깜박 잠에서 미끄러져 나와
화안하게 색종이 흔드는 아가는
안다. 거꾸로 누워 사그랑사그랑
품에 안긴 배추 인형, 배꼽이

나왔구나 저런 눈웃음 들키지 않게
사분대는 바람결 따뜻한데 왜
나는 자꾸 겨드랑이에 간지러움
타는지 까르륵거리며 꿈속에서
함께 웃는 아가야 너는
안다.

너에게 가는 길

비로소
처음

흰 도화지를
준비해 간

미술 시간.

그리움, 적요한 파문의 언어

이재복(문학평론가·한양대 국문과 교수)

1 그리움, 마음의 고고학

고두현의 시에는 그리움이 있다. 이 그리움은 밝음만으로도 또 어둠만으로도 표상되지 않는다. 그의 그리움은 밝으면서도 어둡고 어두우면서도 밝다. 이것은 그의 시가 눈부시지 않는 세계를 함의하고 있다는 것을 의미한다. 고두현 시의 이런 특징은 눈으로만 세계를 감각화하거나 인식하려고 하지 않으려는 태도에서 기인한다. 그는 눈보다 오히려 '마음'으로 세계를 느끼고 읽어 내려 한다.

이런 점에서 그의 마음은 눈과 대립적인 것이 아니다. 이때의 마음은 눈까지 포괄하는 것이다. 따라서 그의 시에서 눈은 더 이상 눈만을 의미하는 것은 아니다. 마음속에 있기 때문에 그의 눈은 보는 것을 넘어 듣기까지 한다. 그래서 시인은

귀 먹으면 눈으로 듣지
　　　　　　　　　—「청록 산수 — 운보와의 대화 2」

　라고 말하고 있는 것이다. 이 말의 의미 구조는

　　입 막히면 손으로 말하고
　　　　　　　　　—「청록 산수 — 운보와의 대화 2」

에서도 드러난다. 이것은 귀와 눈이 입과 손으로 대치된 것에 불과하다. 귀와 눈 혹은 입과 손의 경계 해체가 가능한 것은 그것이 모두 마음 차원에서 해석되고 있기 때문이다. 그의 시에서 마음은 세계를 이렇게 이분법적으로 구분 짓지 않는다. 그가 귀 먹고, 입 막힌 운보를 시로 끌어들인 이유가 바로 여기에 있다.

　운보의 세계에 대한 그리움은 귀먹고, 입 막히었기 때문에 오히려 더 강렬하게 드러나 있다고 할 수 있다. 운보는 그것을 귀와 입이 아닌 눈과 손으로 표현한 것이다. 이것이 가능한 것은 마음 때문이다. 이 과정에서 시인은 마음에 대한 일정한 자의식을 체험한다. 시인은

　　옻닭 먹으면 추위 덜 탄다는
　　그 말이 더 따뜻하고 고마워서
　　생옻닭 국물 한껏 마셨네.

　　새벽이 되자 마음이 가려웠네.

─「옻닭 먹은 날」

라고 노래한다. 이 시에서 '옻닭'은 시인의 세계에 대한 감각의 정도를 잘 표상하고 있는 질료이다. 시인의 세계에 대한 감각의 정도가 '옻'으로 표상되고 있기 때문에 더욱 그렇다. '옻'은 세계에 대한 감각의 정도가 빠르고 강렬하다. 시인이 '생옻닭 국물을 한껏 마시'자 곧바로 반응이 나타난다. 하지만 그 반응은 우리의 기대를 배반한다. 새벽이 되자 시인에게 나타난 반응은 몸이 아니라 마음의 가려움이다.

"새벽이 되자 마음이 가려웠네"라는 표현은 "새벽이 되자 몸이 가려웠네"라는 표현의 낯선 형식이다. 이 형식은 마음에 대한 자의식에서 비롯된 것으로, 이 마음을 토대로 시인은 세계를 상상하고 표현한다. 그가 '생옻닭 국물을 한껏 마신' 이유 속에 드러난 의미도 바로 그것이다. 그는 "옻닭 먹으면 추위 덜 탄다는/ 그 말이 더 따뜻하고 고마워서" 그렇게 한 것이다. 어떤 사실보다 시인이 더 믿고 끌리는 것은 '따뜻함과 고마움'이다. 이 속에는 마음의 가려움이 존재하고,

이렇게 뜨거운 것들이 모여
바알갛게 익은 꽃들을 피우고 나면

─「옻닭 먹은 날」

또 "깊은 열매"를 맺게 한다. 이것은 마음을 토대로 한 시인과 세계의 관계에 대한 일종의 메타포다. 세계와 맺은 관계의 토대

가 마음에 있기 때문에 시인은 늘 그것에 대해 민감하다. 가령

아 그토록 차가웠나
내 손 내 몸 내 마음

　　　　　　　　　　　　　　　—「옻닭 먹은 날」

이나

세상일에 순서가 따로 있겠는가
저 밝은 달빛이 그대와 나
누굴 먼저 비추는지
우리 처음 만났을 때
누구 마음 먼저 기울었는지
무슨 상관있으랴

　　　　　　　　　　　　　　　—「수연산방에서」

혹은

나를 벗고 비우는 일이
원근보다 더 애달픈 사랑이라는 걸
마음의 액자 속에서
비로소 깨달은 오늘.

　　　　　　　　　　　　　　　—「마음의 액자」

에 드러나 있는 마음의 의미가 바로 그것이다. 시인이 이토록
마음에 민감한 것은 그 마음이 타자를 향해 있기 때문이다. 시
인에게 타자란 "타는 그리움"(「옻닭 먹은 날」)으로 놓인 존재이거
나 '반달'(「반달」)과 같은 존재이다. 반달은 그 자체로 온전한 것
이 될 수 없다. 나머지 반이 있어야 가능한 것이다. 따라서 반달
은 나머지 반을 향해 끊임없이 진동해야만 하는 그런 떨림의 존
재인 것이다. 그것을 시인은 "심장이/ 나의 반을 두들기면서//
두근두근 몸 전체를/ 뛰게 만"든(「반달」)다고 노래하고 있다. 그
나머지 반인 타자에게 다가가기 위해 시인은 마음을 데우기도
하고, 기울이기도 하며 또 비우기도 한다.

　시인이 보여 주는 마음의 이러한 모습은 일종의 '開心'(「개심
사에서」)이다. 자신이 먼저 마음을 열어야 타자에게 다가갈 수
있고 또 타자가 들어설 수 있는 것이다. 시인의 개심은 「수연산
방에서」 아름답게 드러난다. 시인이 겨냥하는 마음을 통한 타자
와의 만남과 어울림이

　　해 저문 뒤
　　무서록을 거꾸로 읽는다

　　세상일에 순서가 따로 있겠는가
　　저 밝은 달빛이 그대와 나
　　누굴 먼저 비추는지
　　우리 처음 만났을 때
　　누구 마음 먼저 기울었는지

무슨 상관있으랴

집 앞으로 흐르는 시냇물 앞서거니 뒤서거니
뒤에 앉은 동산도 두 팔 감았다 풀었다
밤새도록 사이좋게 노니는데

—「수연산방에서」

에서 알 수 있듯이 그것은 시 속에서 단아하고 정갈한 형식으로 노래되고 있다. 시인의 이러한 개심은 오랜 반성과 성찰의 시간을 통해 이루어진 것이라는 점에서 '마음의 고고학'이라고 할 만하다. 이것은 '수연산방'이 그 고고학적인 시간의 무게를 상징하는 질료라는 것을 의미한다. 시인이 쓴 타자에 대한 그리움의 정도는 이 '마음의 고고학'의 깊이에 비례한다.

2 그리움은 흔적을 남긴다

'마음의 고고학'이 빚어내는 고두현 시의 그리움은 흔적을 남긴다. 그 흔적은 시인의 마음과 세계가 만나 남긴 일종의 상처이다. 상처의 모습은 시인의 '마음의 고고학'에 따라 그 모습이 각기 다르게 드러날 수 있다. 하지만 시에서 그리움의 흔적은 대체로 매우 선연한 감각과 적멸 혹은 절정의 이미지, 그리고 시린 정서가 배어 있는 감성적인 형태로 드러난다. 그것은 가령

그토록 오래 불씨 보듬고

바위 속 비추던 석등

잎 다 떨구고 대궁만 남은

당신의 자세였다니요

──「부석사 봄밤」

혹은

남해 금산 보리암

절벽에 빗금 치며 꽂히는 별빛

좌선대 등뼈 끝으로

새까만 숯막 타고 또 타서

생애 단 한 번 피고 지는

대꽃 틔울 때까지

너를 기다리며

그립다 그립다

──「별에게 묻다」

같은 시가 그렇다. 그리움의 대상인 당신이 '석등'의 이미지로 치환되어 아주 선연하게 드러나고 있다. 이 선연함은 '석등'의 밝음과 '바위 속' 어둠의 대비, 그리고 '잎 다 떨군 대궁'의 이미지에서 비롯된다. 시에서 이 이미지는 적멸과 시린 정서를 자아낸다. 특히 '잎 다 떨군 대궁'의 이미지는 '보듬고'에서 '떨구고'로의

전환에서 비롯되는 다소 극적인 감성 혹은 정서의 흐름을 유발한다.

「부석사 봄밤」에 드러나는 이러한 세계는 「별에게 묻다」에서도 드러난다. 하지만 「별에게 묻다」에서 이런 정서의 흐름은 한층 고양된 양태를 띤다. '너'에 대한 그리움을 표현하기 위해 시인이 설정한 세계가 그렇다. '새까만 숯'으로 상징되는 폐허(죽음)의 이미지와 '대꽃'으로 상징되는 풍요 혹은 부활(삶)이란 이미지의 선명한 대비가 그렇고, '절벽', '등뼈 끝', '타고 또 타서', '단 한 번 피고 지는' 등 극한적인 적멸과 절정의 의미를 지닌 시어의 구사가 그렇고, '별 빛의 꽃힘'과 '대꽃의 틔움'에서 엿볼 수 있는 하강과 상승이란 의미 구조의 뚜렷한 대비가 또한 그렇다.

이러한 시적 장치를 통해 시인이 궁극적으로 드러내려는 것은 '너'에 대한 그리움이다. 시 속의 "그립다 그립다"는 이런 점에서 앞의 시 세계에 대한 수렴과 내포를 거느린 직설적인 표현이다. 그러나 강렬한 정서적인 울림을 지닌다. 앞의 시 세계와 절묘한 연상 속에서 이루어진 "그립다 그립다"가 바로 이 시를 아름답게 하고 있는 것이다.

어떤 사물에 시인의 마음을 투사하여 타자에 대한 그리움을 아름답게 표현하는 것이 고두현 시의 한 특징이다. 이런 형식은 그의 시에서 한 흐름을 형성하고 있다. 멸치의 파닥거림과 투명함 그리고 반짝거림의 속성을 '너'에게 가기 위한 '나'(시인)의 몸짓으로 상상한 시편(「남해멸치」)이라든가 마늘의 속성을 배고픔과 연결시켜 '너'에 대한 허기를 드러낸 시편(「남해 마늘」), 밤의 단단함을 '너'에 대한 그리움의 말 없는 견딤으로 노래하고

있는 시편(「밤을 깎으며」) 그리고 노을을 "바알갛게 젖 물리고/
옷 벗는"(「만리포 사랑」) '너'로 치환하여 보여 주고 있는 시편 등
이 바로 그것이다.

　어떤 사물에 시인의 마음을 투사하여 타자에 대한 그리움을
표현하는 것은 여기에 그치지 않고 '팥빙수' 같은 질료에까지
미친다.

　　팥고물처럼 우리 이렇게 달디단 눈빛으로
　　한 백 년쯤 녹아 갈 수 있다면

　　(중략)

　　오순도순 손잡고 돌아오는 길에는
　　아 사각사각 눈 내리는 겨울밤까지
　　이 길 오래오래 이어지길 빌면서
　　내일 또 내일 내년 후 내년
　　이 시려 찬 것 더 못 먹는 날까지
　　손가락 걸고 자박자박
　　아름답게 늙어 갔으면.
　　　　　　　　　　　　　　　——「팥빙수 먹는 저녁」

　이 시의 신선함은 '팥빙수'의 속성을 다양한 차원으로 확산
하고 있다는 점에 있다. 우선 앞의 시편들과 달리 이 시는 '나'
(시인)에게서 '너'(타자)에게로 향하는 그리움을 노래하고 있지만

'나'와 '너'가 분리되지 않은 채 '우리'라는 이름으로 등장한다는 점이다. 따라서 이 시는 '나'와 '너'가 아닌 '우리'의 사랑 노래이다. 이 점이 이 시의 신선함 중 하나이다. 또한 이 시는 '팥빙수'라는 사물의 속성을 '팥', '빙수'에서 '눈', '겨울밤', '길', '늙음'의 차원으로 확장하면서 시적 상상력을 풍요롭게 한다. '팥빙수'에서 늙음과 죽음이 깃든 '길'의 의미를 읽어 낸다는 것은 시인의 섬세한 감성을 엿볼 수 있는 대목이라고 할 수 있다. 이것이 이 시를 단순한 감각적인 사각거림의 차원을 넘어 감성이나 정서 심층의 사각거림으로 존재하게 한다.

시인의 타자에 대한 그리움은 이렇게 연인을 대상으로 하고 있는 것이 사실이다. 하지만 이 대상은

마흔 고개
붐비는 지하철
어쩌다 빈 자리 날 때마다
이젠 여기 앉으세요 어머니
없는 먼지 털어 가며 몇 번씩 권하지만

──「빈자리」

에서처럼 '어머니'나

그날 밤
너럭바위 끝으로
무뚝뚝하게 불러내서는

> 앞으로 아부지 안 계신다고 절대
> 기죽으면 안 된대이, 다짐받던
>
> ——「하석근 아저씨」

의 경우처럼 '아저씨', 아니면

> 제각각 돌로 된 집들 어루만지며
> 그 어떤 순례자의 발길보다
> 겸허하게 걷다가 문득 돌아보니
> 오, 둥두렷이 떠오르는
> 아버지의 봉분이여.
>
> ——「묘지에서의 생각」

처럼 '아버지'일 수도 있다. 참신하고 화려한 이미지보다는 평범한 진술을 통해 타자에 대한 그리움을 노래하지만 그 진술이 주는 정서적인 파문은 결코 작지 않다. 그것은 "싱싱하고 담백하면서 깊은 맛까지 배어나는"(「진미 생태찌개」) 진국 같은 것이다. 오히려 이들에 대한 그리움은 참신하고 화려한 이미지보다는 일상의 평범한 진술 속에 그 의미가 더 강하게 자리하고 있다.

타자에 대한 그리움의 정도는 단순히 표현 형식의 문제만은 아니다. 그것은 시인의 타자에 대한 심적 태도의 문제일 수도 있다. 시인은 "날마다 첫 꽃에/ 피고 또/ 지는 마음"(「자귀나무」)을 견지하려고 한다. 시인의 이 마음은 세계에 대한 팽팽한 긴장의 정도를 의미하는 것으로 그것은 강렬한 흔적으로 드러날 수밖에 없다. '첫 꽃에 피고 또 지는 시인의 마음'이란 절실함 그 자체이다. 이것은 타자의 존재가 "못 견디게 그리울 때"의 마음의 상태와 다른 것이 아니다. 시인의 마음이 이 정도면 그것은 "샛노랗게 온몸 꽃멍이 든"(「치자꽃 피던 밤」) 것이다. '온몸 꽃멍'은 시인에게만 들지 않고 그가 마음을 통해 투사하는 대상도 물들게 된다. 그리움은 흔적을 남긴다.

3 발해의 기억은 푸르다

시인의 타자에 대한 그리움은 이미 사라져 버린, 희미한 맥박으로만 존재하는 기억의 심층까지 닿아 있다. 그는 그 기억의 심층에 존재하는 타자의 흔적을 찾아 불을 밝힌다. 그 기억의 심층에는 "고요보다 깊은 적멸"이 있고, "발묵(潑墨)"처럼 번지는 "풀 이끼"(「화문(花紋) 기와」)로 푸르다.

시인이 드러내는 기억의 심층이 푸르다는 것은 그것이 창생(蒼生)의 메타포로 존재한다는 것을 말해 준다. 시인에게 기억이란 소멸의 존재가 아니라 풀 이끼처럼 푸르게 돋아나는 존재이다. 그래서 시인은

대륙 밤 깊을수록
창해 푸른 물굽이 짙다.

멀리 책성 별이 지고

떨어지는 유성 아래
빛나던 왕조가 지고
옛 성을 혼자 돌던
순라 횃불도 졌는데

아아 누가 이 밤에
돌을 깎는 소리
캄캄한 빛을 쪼아
칠흑 하늘에 박는가.

　　　　　　　　　　—「저 별을 잊지 말라」

라고 노래하는 것이다. 왕조는 졌지만 그것은 기억 속에서 푸르
게 살아 있다. 시인이 밤에 들은 "돌을 깎는 소리"나 "캄캄한 빛
을 쪼"는 소리는 그 푸르게 살아 있음(蒼生)의 한 형식이다. 이것
이 바로 "대륙 밤 깊을수록/ 창해 푸른 물굽이 짙"은 이유이다.
　시인은 이 "푸른 물굽이 짙"은 대상을 기억의 심층에서 찾아
낸다. 바로 '발해'이다. 발해는 '지금' '여기'에서 보면 가장 희미
한 존재태를 지닌 대상이다. 대제국이면서 남아 있는 존재태가
미미하다는 것은 오히려 그만큼 시인의 기억의 심층에 뚜렷한
흔적으로 존재할 수 있다는 것을 의미한다. 시인은 발해의 흔적
을 찾아서 그것을 되살리려는 강한 욕망을 드러낸다. 시인의 이
러한 욕망은 '말'과 '바다'의 이미지를 통해 생생하게 환기된다.
시인은 발해의 흔적이 남아 있는 '솔빈'에서 "검푸른 갈기 치"면
서 "찬 별빛 어둠 뚫고/ 칠흑 벌판 달려"오는 "철총마 울음소리"

(「솔빈에서 명마를 구하다」)를 듣는다. 그 '철총마'를 시인은 '신생의 너'라고 명명한다. 이 '신생의 너'를 본 격한 감격을 시인은

> 적막 하늘 소스라치고
> 수분하 강물도 솟구쳐 튀는데
> 애마여 날렵한 발목으로
> 저 멧부리 굵은 줄기 맨 자갈 큰 계곡들
> 모두 불러 깨우는구나.
> 우렁우렁 산판들
> 힘줄 곧게 일어서고
> 끝없어라 발굽 소리
> 가슴 뛰는 첫새벽을
> 천 리 준총 야생의 네가
> 푸른빛으로 여는구나.
>
> —「솔빈에서 명마를 구하다」

라고 노래하고 있다. 하늘이 놀라고 지축이 진동하는 이 수직적인 격함의 정서는 '바다'라는 수평적인 광활한 정서와 만나면서 보다 온전한 세계를 획득한다. "땅끝 지나 광활한 두 팔 벌리고/ 바다로 가는 발해"(「바다로 가는 그대」)의 이미지는 탄생과 소멸의 반복과 같은 오랜 시간의 견딤이라는 창생의 의미를 획득하게 되는 것이다. '말'과 '바다'의 이미지를 통해 드러나는 발해에 대한 이러한 상상은 타자에 대한 그리움의 한 궁극을 표현하고 있는 것으로 볼 수 있다.

시인의 발해에 대한 그리움은 이렇게 크고 넓은 이미지로 표현되기도 하지만 아주 세세한 감성의 결로 표현되기도 한다. 가령

  잠들지 않았구나.
  시엄수 푸른 강물
  활등으로 물살 가르던
  동명의 슬픔까지
  물고기 자라 떼
  비늘 엮어 다리 놓던
  그 밤 물안개 아직 깊은데

                  ──「녹산에 흰 사슴 뛴다」

에 드러난 그리움은 정적인 동시에 부드럽고 세심하기까지 하다. 그리고 때때로 시인의 감성은 슬픔과 회한, 원망으로 흘러넘치기도 한다.

  저문 땅 마른 강물
  숨죽여 땅을 밟고 가슴에
  반짝이는 보습 날 하나
  품고 섰는 망국의 하늘
  보시나요, 아버지
  밤마다 별을 씻어 허리 밑에
  감춰두고 녹슬지 않는 쟁기 가래

호미 자루 저 혼자 깨어

　　홰를 치는 저 들의

　　긴 밤 울음소리 들리시나요.

──「빈 들에 보습 하나」

　이 시 속에는 하늘이 놀라고 지축이 진동하는 격함도 바다
의 광활함도 없다. 땅은 저물고 강물은 말랐으며 하늘은 망국의
한을 품고 있을 뿐이다. 이것은 이 들에 "홰를 치는" 실질적인
존재가 부재하기 때문이다. 시인이 애타게 '아버지'를 부르는 이
유가 여기에 있는 것이다. 아버지가 빈 들을 '쟁기, 가래, 호미'
로 경작할 때 '들', 다시 말하면 '국(발해)'은 창생하게 되는 것이
다. "망국의 하늘"이 잘 말해 주듯이 이 시는 반성적인 의미를
띤다. 시인의 이 반성적인 상상력은 "칼 베고 누운 나"(「칼을 베
고 눕다」)로 변주되면서 발해에 대한 서늘한 그리움을 보여 주기
도 하고, 발해의 시인 '양태사(楊泰師)'를 읽으면서는

　　떨어져 생각하고 또 생각느니

　　마음은 그대에 젖어 있고

　　다시금 들리누나 꿈도 깨고 잠 못 들어

　　시만 지었다 헐었다 날이 먼저 밝았네

──「양태사(楊泰師)를 읽다」

에서처럼 그를 향한 가없는 그리움을 보여 주기도 한다. 발해에
대한 시인의 그리움은 그 찬란하고 광활한 기억들을 공유한 살

아 있는 자의 "눈부신 슬픔"이지만 그 슬픔은 희망을 내장한 "죽순처럼 돋아나는/ 푸른/ 대밭의 꿈"(「길을 끊다」)과 같은 것이다. 그래서 시인의 그리움은 언제나 푸르다.

4 그리움의 집 혹은 푸른 물굽 소리

고두현 시에는 그리움이 있다. 그 그리움은 시인의 마음의 고고학이 빚어낸 것이다. 시인의 마음은 언제나 '너'를 향한 떨림으로 존재한다. '나'의 나머지 반인 '너'를 향해 끊임없이 진동해야만 하는 떨림의 존재가 바로 시인인 것이다. 그래서 시인은 늘 '너'에게 다가가기 위해 마음을 데우기도 하고, 기울이기도 하며 또 비우기도 한다. 시인의 '너'에 대한 그리움은 화문(花紋)으로 남거나 발묵(潑墨)처럼 번진다. 그리움은 흔적을 남기고 그 흔적은 언제나 푸르다.

기억의 심층에 불을 밝히고 시인은 그 푸른 흔적을 찾는다. 그리고 그 심층의 끝에 '발해'가 고요보다 깊은 적멸의 모습으로 푸르게 푸르게 서 있다. 시인은 그 광활한 푸른 기억의 끝에 칼을 베고 눕는다. 이것은 찬란하고 광활한 발해의 기억들을 공유한 살아 있는 자의 눈부신 슬픔이자 '너'에 대한 그리움의 한 정점을 표상한다. 그의 그리움은 저 깊고 푸른 기억의 물밑길을 흘러온 것이다. 하지만 마음과 기억의 심층 어딘가에 흐르는 푸른 물굽은 여전히 짙은 법이다. 그 물굽은 어둠이 깊을수록 더 푸르게 빛난다. 아, 어디선가 '이 밤에 돌을 깎고 캄캄한 빛을 쪼아 칠흑 하늘에 박는' 소리가 들린다. 새벽이 오면 우리는 시인의 마음을 깎고 쪼아서 만든 그리움의 집을 보게 될 것이다.

물미해안에서 보내는 편지

1판 1쇄 펴냄 2005년 8월 18일
1판 5쇄 펴냄 2005년 12월 25일
2판 1쇄 찍음 2017년 5월 12일
2판 1쇄 펴냄 2017년 5월 19일

지은이 고두현
발행인 박근섭, 박상준
펴낸곳 (주)민음사

출판등록 1966. 5.19. (제16-490호)
서울특별시 강남구 도산대로1길 62(신사동)
강남출판문화센터 5층 (06027)
대표전화 515-2000 / 팩시밀리 515-2007
www.minumsa.com

ISBN 978-89-374-3424-2 (03810)

* 이 책의 제목 서체는 아모레퍼시픽의 아리따글꼴을 사용하여 디자인되었습니다.